Ye

20003

LE DESASTRE

DE MESSINE,

o u

LES VOLCANS,

ODE PHILOSOPHIQUE.

. . . . *Reminiscitur affore tempus,*
Quo mare, quo tellus, correptaque regia cœli
Ardeat : et mundi moles operosa laboret.

OVID. Metam.

A PARIS,

CHEZ LES MARCHANDS DE NOUVEAUTÉS.

1783.

A MONSEIGNEUR
COMTE D'ARTOIS,
FILS DE FRANCE.

MONSEIGNEUR,

Ce n'est point à un grand Prince, au Frère de mon Roi, que j'ose présenter cet ESSAI SUR LES VOLCANS; je le dédie à l'ame sensible, à l'homme, à l'homme instruit et philosophe. Jusqu'à ce moment aucun Observateur n'avoit cru devoir regarder ce phénomène terrible comme le restaurateur du genre humain; une idée aussi hardie est digne d'être offerte au jeune Héros qui cherche à se familiariser avec toutes les horreurs de l'art destructeur qui assure cependant la grandeur et la tranquillité des Empires. C'est cette analogie, MONSEIGNEUR, qui m'enhardit à vous donner cette foible preuve de l'humble dévouement du plus respectueux et du plus soumis des Serviteurs et Sujets de Votre Altesse Royale.

D. S.

LE DÉSASTRE
DE MESSINE,
ODE PHILOSOPHIQUE.

Quelle carrière périlleuse
S'offre aux enfans des doctes Sœurs?
J'oserai braver les horreurs
D'une route si dangereuse.
Au bruit horrible des volcans,
A leurs feux vomis par torrens
J'habituerai mon Uranie,
Et de Lucrèce imitateur,
J'unirai le feu du génie
Aux froids travaux du Scrutateur.

MAIS quoi, dans ces jours d'allégresse
Où LOUIS nous donne la paix,
Où notre bonheur à jamais
Repose aux pieds de sa sagesse,
Dois-je faire couler des pleurs,
Serrer et déchirer vos cœurs ?
Messine ! ô Cité malheureuse !
Quel crime ou quels forfaits nouveaux,
De cette catastrophe affreuse
T'attirent les cruels fléaux ?

DÉJA la terre frémissante
S'ébranle, mugit sous nos pas !
Est-ce la foudre et ses éclats
Qui portent ici l'épouvante ?
Tous les monts, de leur sein affreux,
Parmi des tourbillons de feux,
Lancent des roches embrâsées ;
Les Bergers avec leurs troupeaux,
Sous leurs cabanes écrasées,
Trouvent la mort et leurs tombeaux.

DU plus épouvantable goufre
Sort en impétueux torrent
Un fleuve rapide et brûlant
Qui roule les métaux, le soufre :
Des pères pâles et tremblans
Dans leurs bras sauvent leurs enfans
De cette onde affreuse, enflammée,
Qui traînant la crainte, la mort,
Et de Lisbonne et d'Héraclée
Leur prépare le triste sort.

LA terre entrouvre ses abymes,
Engloutit les êtres vivans !
L'eau, les feux, tous les élémens
Se disputent tant de victimes !
Les tours, les Temples, leurs Autels
Qu'embrassent les tremblans Mortels
S'écroulent, hâtent leur ruine !
Tout sert à combler leur malheur !
Déjà la superbe Messine
N'est plus qu'un vaste champ d'horreur.

GRAND Dieu! ta bonté, ta clémence
Préparoit-elle ces fléaux?
De vils, d'innocens animaux
Ont-ils mérité ta vengeance?
Que t'ont fait de sages humains?
Respectez ses profonds desseins,
Mortels! étouffez ce murmure,
Qu'il soit plus sage et plus instruit:
Ce Dieu répare la Nature,
Quand vous croyez qu'il la détruit. (1)

DE vastes, d'abondantes plaines
Étalent de riches moissons;
Bacchus, Pomone de leurs dons
Vont payer le prix de vos peines:
Par-tout la mère des humains,
La terre verse à pleines mains
Et l'abondance et les richesses;
Mais bientôt son sein épuisé
Par les temps et trop de largesses
A besoin d'être réparé.

DÉJA l'abondante Ausonie
Trompe le soin des Laboureurs;
Flore ne fournit plus de fleurs
Aux bois si vantés d'Idalie,
L'Arabie, où le voyageur
Ne traverse qu'avec horreur
Des campagnes vastes, stériles,
Ces déserts de sables brûlans
Ont été des pays fertiles,
Peuplés de nombreux Habitans. (2)

NE croyez pas que la Nature,
Si prodigue de ses bienfaits,
En ait éloigné pour jamais
Et l'abondance et la verdure;
Un jour l'Océan furieux
Roulant ses flots impétueux
Sur ce sable aride, inutile,
Pour vos fils, pour leurs descendans
Le rendra de nouveau fertile
Par de précieux sédimens. (3)

MAIS quels efforts, quelle puissance
Vuidant ces abymes profonds,
Portera jusque sur les monts
De tant de mers la masse immense ?
C'est ici que l'esprit humain
Du savoir orgueilleux et vain
Reconnoît l'aveugle imposture.
Écoutez ; un rayon me luit . . . .
De l'impénétrable Nature
Je vais percer l'épaisse nuit.

CETTE suprême Intelligence
Qui de rien créa l'Univers
Prépare sous le fond des mers
Des feux qu'enchaîne sa puissance ;
Malgré l'énorme poids des flots,
Sentez-vous frémir leurs cachots ?
Sous vos pas la terre est tremblante,
Et de ces soupiraux affreux
L'onde en colonne menaçante
S'élance et va toucher les cieux. (4)

DIEUX ! quel spectacle épouvantable !
Les feux confondus dans les flots ,
Des horreurs de l'ancien cahos
Retracent l'instant redoutable !
La mer, ses goufres écumans ,
Soulevés par d'affreux volcans
Sont portés jusque dans les nues ,
Et repoussés avec efforts
Les flots sur des terres connues
Se sont creusés de nouveaux bords. (5)

DÉJA cent montagnes fumantes
Ont éteint leurs feux dévorans ;
Déjà des terreins abondans
Sortent de ces laves brûlantes ; (6)
Cérès prépare les moissons
Où d'impétueux Aquilons
Excitoient l'horrible tempête ;
Et Neptune , en calmant les flots ,
Voit le chêne élever sa tête
Du sol où croissoient les coraux.

RECONNOISSEZ la cause obscure
Qui, changeant les bornes des mers,
Soutient l'ordre dans l'Univers
Et renouvelle la Nature.
Quand l'Éternel, le Tout-puissant,
Par un phénomène effrayant,
Daigne réparer son ouvrage,
Loin de scruter, de murmurer,
Un Mortel instruit, humble et sage,
Ne sait que frémir, qu'adorer. (7)

NOTES.

(1) LES Philosophes, les Naturalistes, tant anciens que modernes, ont cru que la surface de la terre, épuisée par une trop grande consommation, avoit besoin d'être réparée, et que ce renouvellement se feroit par le moyen des déluges et des embrasemens .... » Quand toutes » ces choses seront arrivées, ô Asclépias, (dit Hermès Trismégiste,) » alors ce grand, cet » unique Créateur de toutes choses .... après » avoir purgé ce monde ou par les eaux ou par » le feu .... le rétablira en sa première beau- » té .... « C'est ainsi qu'ont pensé Aristote, Platon, Xénophon, Cicéron, Ovide, Sénèque, Bérose, Orose, Avenoes, etc. .... Enfin, toute l'Antiquité et plusieurs de nos Modernes.

(2) Les ruines que l'on rencontre dans l'Arabie Pétrée, jusque sous ses sables et dans ses déserts les plus reculés, sont des témoignages qui attestent que ces pays ont été autrefois fertiles et peuplés ; mais une trop grande consommation du sol n'y a laissé que les sables et les sels fixes. M. de Buffon, *Théorie de la Terre.*

(3) Il est comme démontré par les observations des Naturalistes instruits , que la mer a couvert périodiquement toute la surface de la terre, à l'exception des sommets des hautes montagnes. La prodigieuse quantité de productions marines pétrifiées , et trouvées journellement dans les plaines et sur les collines, attestent cette importante vérité.

(4) Ici sont des mouvemens intestins, des bouillonnemens , des trombes causées par des volcans, dont la bouche submergée vomit le feu du sein des mers. M. de Buffon , *Théorie de la Terre.*

(5) En comparant les laves des volcans avec les pierres des hautes montagnes , il est facile de se convaincre qu'elles ont toutes été fondues par les mêmes feux. C'est donc au moment où toutes les hautes montagnes ont pu s'embrâser ensemble sous les mers , que les rameaux de volcans , qui communiquent des uns aux autres à de très-longues distances , en soulevant le poids des mers, ont forcé leurs eaux de couvrir des terreins habités: ainsi lorsque le Continent de l'Amérique a été mis à sec , les terres Atlantiques ont été submergées.

(6) La Ville d'Héraclée étoit à soixante pieds sous les couches de laves ; elles étoient cultivées et rendues fertiles lors de cette découverte.

(7) Le fond de cette hardie hypothèse n'est

pas le fruit d'une imagination poétique ; c'est le résumé de longues et pénibles observations que l'Auteur se propose de donner incessamment au Public, sous le titre d'*Observations & de Conjecture pour servir à la théorie de la terre.* L'on espère y indiquer les causes du phénomène terrible qui détruit tant de milliers d'êtres pour conserver de nouvelles ~~postérités~~ *générations*

Lu et approuvé ce premier Avril 1783.

DE SAUVIGNY.

Vu l'Approbation, permis d'imprimer le 2 Avril 1783. LE NOIR.

De l'Imprimerie de PRAULT, Imprimeur du Roi, quai des Augustins.